AF383191

Analyse de l'œuvre

Par Béatrice Faure et Lucile Lhoste

Fabliaux du Moyen Âge

Rendez-vous sur lepetitlitteraire.fr et découvrez :

Plus de 1200 analyses
Claires et synthétiques
Téléchargeables en 30 secondes
À imprimer chez soi

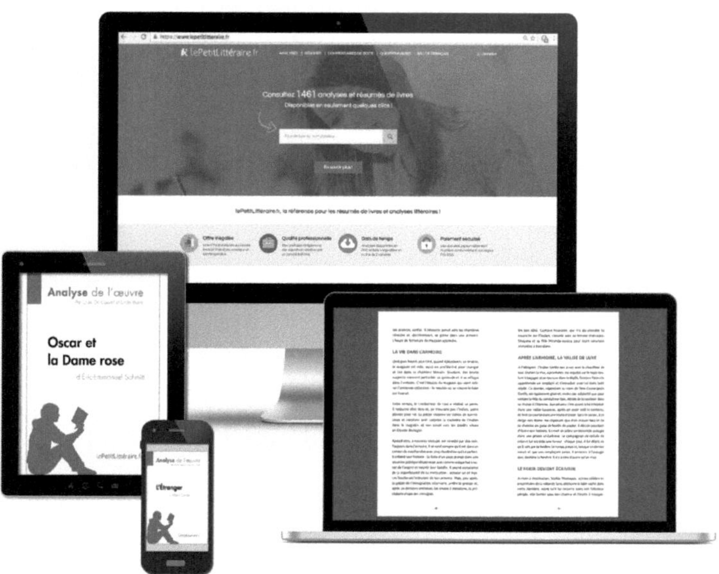

LA TRADITION DES FABLIAUX — 11

FABLIAUX DU MOYEN ÂGE — 13

RÉSUMÉ — 17

Le Vilain médecin

Les Trois Bossus

Merlin Merlot

Les Trois Aveugles
de Compiègne

Brifaut

Estula

Les Perdrix

La Vieille qui graissa la patte au chevalier

Le Prêtre qui fut pris
au lardier

Brunain et Blerain

La Bourgeoise d'Orléans

Le Boucher d'Abbeville

ÉTUDE DES PERSONNAGES — 27

Le prêtre

Le mari

La femme

Le pauvre et le riche

Le conteur

CLÉS DE LECTURE — 35

Contexte d'apparition

et de réception du fabliau

Le fabliau, une satire comique

Un style simple mais signifiant

PISTES DE RÉFLEXION   53

POUR ALLER PLUS LOIN   57

LA TRADITION DES FABLIAUX

NAISSANCE D'UN GENRE NOUVEAU

À partir du XIIIe siècle, les villes deviennent des centres d'activité importants et une nouvelle catégorie sociale émerge : les bourgeois, c'est-à-dire les habitants du bourg, de la ville. Au même moment, le public s'enthousiasme pour une nouvelle forme de littérature : les fabliaux. Ce mot vient du latin *fabula* qui signifie « histoire, récit » et qui donnera plus tard le mot « fable ».

La plupart ont été écrits dans le Nord de la France, presque tous par des auteurs anonymes. Quelques-uns sont néanmoins signés : on connait Jean Bodel (1165-1210) Garin (XIIe-XIIIe siècle), Courtebarbe (XIIIe siècle), Gautier Le Leu (XIIIe siècle), Rutebeuf (vers 1230-vers 1285) ou encore Jean de Condé (XIIIe siècle), lui-même fils du poète Baudouin de Condé (XIIIe siècle). Environ 150 fabliaux nous sont parvenus aujourd'hui.

FABLIAUX DU MOYEN ÂGE

ENTRE RIRE ET SATIRE

- **Genre :** poésie
- **Édition de référence :** *Fabliaux du Moyen Âge*, adaptés et traduits de l'ancien français par A. Micha, Paris, Flammarion, coll. « Étonnants classiques », 1998, 89 p.
- **1ʳᵉ édition :** XIIIᵉ siècle
- **Thématiques :** farce, critique, richesse, pauvreté, mariage, adultère, quiproquo

Les fabliaux regroupés dans ce recueil sont de petits récits vifs et amusants, écrits en octosyllabes (vers de huit syllâbes). Leurs auteurs racontent, sur un ton trivial et comique, les aventures de personnages du peuple, dont ils dressent des portraits assez stéréotypés ; ils s'inspirent pour cela de la réalité médiévale. Les thèmes de la richesse et de la pauvreté sont très présents. Les fabliaux font la satire des comportements humains et des défauts des hommes, notamment l'avarice, la gourmandise, la sottise ou encore la jalousie. De nombreux fabliaux se concluent par une morale.

RÉSUMÉ

LE VILAIN MÉDECIN

La fille d'un pauvre chevalier est mariée malgré elle à un paysan riche qui a peur qu'elle se laisse séduire pendant qu'il travaille au champ. Il trouve alors une solution : la battre tous les matins et lui demander pardon tous les soirs. Ainsi, elle passe sa journée à se lamenter.

Un jour, alors qu'elle se désole, deux chevaliers à la recherche d'un médecin qui pourrait soigner la fille du roi font irruption chez elle. Pour se venger de son époux, elle leur dit que ce dernier est médecin, mais qu'il n'accepte de travailler que s'il est battu. Pour ne plus être rossé par les chevaliers, le vilain est obligé de faire semblant d'admettre qu'il est bien médecin. Il est alors amené à la cour où il trouve, par hasard, une solution pour guérir la fille du roi. Celui-ci l'oblige alors à rester tant il lui est reconnaissant. Le vilain soigne ainsi de nombreux malades, puis, rentrant par ruse dans son pays, il vit richement de sa médecine et cesse de battre sa femme.

LES TROIS BOSSUS

Un bossu très jaloux et d'une laideur sans pareille est marié, grâce à la fortune qu'il a amassée, à une très belle jeune fille. Un jour, trois bossus viennent festoyer chez lui, et il leur interdit de revenir dans sa maison après avoir compris qu'ils comptaient s'amuser à ses frais. Sa femme, qui souhaite continuer à écouter leurs chansons, cache les trois hommes dans trois coffres distincts dans lesquels elle les retrouve morts immédiatement après.

Elle demande alors à un porteur de l'aider à les jeter dans la rivière, lui faisant croire que le même bossu revient à chaque fois à sa place d'origine en lui présentant chaque coffre comme si c'était le premier. Le porteur, après avoir jeté le troisième bossu, croit en apercevoir un quatrième en la personne du mari et lui donne un coup de gourdin sur la tête. La dame est ainsi débarrassée des trois bossus et de son mari.

MERLIN MERLOT

Un homme très pauvre peinant à nourrir sa famille se lamente dans la forêt des difficultés de sa situation au point de souhaiter la mort. Merlin, touché par son désespoir, promet de lui donner la richesse à condition qu'il n'oublie pas d'où il vient. Cependant, une fois riche, le vilain devient arrogant, implacable et avare. Lors de leur rendez-vous annuel, il annonce à Merlin qu'il ne souhaite plus le voir. Merlin, fidèle à sa promesse, lui retire alors toutes ses richesses, le contraignant à retourner à son premier travail et à vivre dans la peine comme avant.

LES TROIS AVEUGLES DE COMPIÈGNE

Un clerc croise la route de trois aveugles et décide de leur jouer un tour : il leur fait croire qu'il leur a donné un besant d'or. Heureux, les aveugles décident de se rendre à Compiègne (Oise) pour profiter des bienfaits qu'ils peuvent maintenant s'offrir. Ils entrent dans une auberge dans laquelle ils mangent et boivent abondamment. Le clerc les suit afin de connaitre la suite de l'affaire.

Le lendemain, les trois aveugles sont bien en peine de régler leur repas, mais le clerc intervient et propose de se charger de leur dépense.

Il décide alors de jouer un nouveau tour, cette fois-ci à l'aubergiste, à qui il dit qu'il sera payé par le prêtre. Les deux hommes se rendent donc à l'église, où le clerc confie au prêtre que l'aubergiste a eu un accès de folie et qu'il a besoin d'être exorcisé. Lorsque l'aubergiste réclame son dû au prêtre, celui-ci le prend pour un fou.

BRIFAUT

Brifaut, un homme riche, se fait voler la toile qu'il portait en pleine rue par un voleur. Celui-ci s'approche ensuite de lui et fait semblant de compatir, la toile sur l'épaule. Rentré chez lui, Brifaut jure en toute bonne foi à sa femme qu'il a perdu la toile. Celle-ci, qui ne le croit pas, le maudit s'il ose lui mentir. Malgré sa franchise, Brifaut tombe raide mort.

ESTULA

Deux frères très pauvres décident d'aller voler leur riche voisin. Entendant la porte du bercail grincer, celui-ci envoie son fils chercher son chien Estula. Lorsque le fils appelle Estula, le voleur répond, pensant qu'il s'agit de son frère qui s'adresse à lui. Éberlué à l'idée que son chien parle, le riche demande à son fils d'aller chercher le curé : le garçon revient avec le prêtre, placé sur ses épaules. Le voleur, voyant cette forme blanche sur le dos de la silhouette, croit qu'il s'agit de son frère qui revient avec une brebis sur le dos. Il propose de l'égorger, car son couteau est bien aiguisé. Le prêtre s'enfuit alors à toutes jambes, pensant être tombé dans un piège. Quant aux frères voleurs, ils rentrent chez eux, heureux de leur larcin.

LES PERDRIX

Un mari rentre à son domicile avec deux perdrix, cuisinées aussitôt par sa femme. Parti inviter le curé à partager leur repas, l'homme tarde à revenir et sa femme ne peut s'empêcher de manger les oiseaux. Elle invente alors un stratagème pour que le mari pense que le prêtre les a emportés. Faisant croire au prêtre, afin qu'il se sauve en courant, que son mari a surpris une tentative de baiser de sa part, elle affirme ensuite à son époux que le prêtre a volé les perdrix : le mari court alors à la poursuite du prêtre pour le punir, mais rentre confus de ne pas avoir pu l'attraper. La femme parvient ainsi à dissimuler son forfait.

LA VIEILLE QUI GRAISSA LA PATTE
AU CHEVALIER

Une vieille femme se fait subtiliser ses vaches par le prévôt. Sur les conseils d'une voisine, elle va « graisser la patte » du chevalier (afin qu'il l'aide à récupérer son bien) avec du lard, prenant l'expression au pied de la lettre. Le chevalier ne lui en tient pas rigueur et lui rend ses deux vaches.

LE PRÊTRE QUI FUT PRIS
AU LARDIER

Un savetier apprend de la bouche de sa fille que le prêtre vient chez lui dès qu'il a le dos tourné. Il décide donc de jouer un beau tour au prêtre, qu'il devine être l'amant de sa femme : un lundi, il revient plus tôt que prévu et oblige l'amant à se cacher dans le lardier (garde-manger), puis il vend le meuble à un bon prix au frère du prêtre, qui a entendu ce dernier l'appeler au secours.

BRUNAIN ET BLERAIN

Un vilain et sa femme donnent au prêtre leur vache pensant qu'ils en gagneront le double, comme le curé l'a dit dans son sermon. Le prêtre, rusé, accepte et attache la vache des vilains avec la sienne. Mais la vache des vilains entraine l'autre jusqu'à son ancienne étable. Finalement, le pauvre couple est récompensé, puisqu'il se retrouve avec deux vaches, tandis que le prêtre est puni de son audace en perdant la sienne.

LA BOURGEOISE D'ORLÉANS

Un homme apprend que sa femme a l'intention de le tromper quand il partira en voyage. Décidant de lui jouer un tour, il se rend à la porte du verger, où il est convenu qu'elle reçoive son amant. Lorsqu'elle reconnait son mari, elle retourne la situation en sa faveur : elle enferme son époux dans le grenier pendant qu'elle reçoit son amant, puis envoie ses gens le rosser avant de le jeter dans le fumier.

Le mari est ramené chez lui bien mal en point et admet que sa femme s'est bien comportée, puisqu'il pense qu'elle voulait en réalité punir son courtisan. Il décide dès lors de lui faire confiance, tandis qu'elle continue à fréquenter son amant.

LE BOUCHER D'ABBEVILLE

Le boucher s'arrête à la nuit tombée dans un village où seul le prêtre peut l'héberger. Mais celui-ci refuse de l'accueillir. Il se dirige alors vers la bergerie où sont gardés les moutons du prêtre. Il en vole un et retourne chez l'homme de foi en lui proposant de le manger. Cette fois, il est très bien accueilli. Il parvient à passer la nuit avec la servante, puis, au petit matin, il a une relation avec la femme du prêtre. En récompense, il donne à toutes les deux la peau du mouton. Il propose ensuite au prêtre de vendre la peau. Celui-ci accepte et retourne chez lui, où sa femme et sa servante se disputent la possession de la peau. Il devine ce qui s'est passé et conclut que la peau lui appartient, car c'est lui qui l'a achetée.

ÉTUDE DES PERSONNAGES

Les personnages des fabliaux sont très stéréotypés : ils correspondent à des types humains bien particuliers et sont dépourvus de toute profondeur psychologique. Dans tous les fabliaux, les mêmes types réapparaissent ; ils présentent donc à chaque fois les mêmes traits de caractère : le vilain (terme qui désigne le paysan libre), le riche, le naïf, la femme infidèle et rusée, le prêtre malhonnête, le mari jaloux, etc. Cette analyse des personnages se concentre sur les principaux types de personnages rencontrés dans les fabliaux.

LE PRÊTRE

Le prêtre est un personnage récurrent qui est souvent surpris en train de batifoler avec ses paroissiennes. On a ainsi affaire, dans certains fabliaux, au trio comique de la femme, de l'amant et du mari trompé. Dans l'un des fabliaux, il doit même se cacher dans un lardier pour ne pas être surpris par le mari qui est de retour, ce qui le rend ridicule.

Le prêtre aime aussi la bonne chère. Ainsi, dans « Les Perdrix », il est invité à partager le repas du vilain et de sa femme, et à aucun moment le mari ne doute que le prêtre a pu par gourmandise voler les perdrix pour les manger. De même, dans « Le Boucher d'Abbeville », il n'accueille le boucher que lorsqu'il est sûr de pouvoir bien manger. Dans cette histoire, il se montre en outre peu accueillant et peu charitable. Le prêtre est donc présenté comme une personne qui ne respecte pas les valeurs chrétiennes, d'autant plus que la gourmandise et la luxure sont des péchés capitaux. Mais cela ne semble pas l'effrayer.

LE MARI

Deux fabliaux rendent compte d'une vraie tromperie mettant en scène un mari jaloux : « La Bourgeoise d'Orléans » et « Le Boucher d'Abbeville ». Dans le premier fabliau, le mari est au courant que sa femme a monté un stratagème pour voir son amant lorsqu'il serait parti. La femme se montre rusée et, finalement, le mari trompé le reste. Dans le second fabliau, l'hôte est doublement trompé, puisque le boucher mange son mouton et dort chez lui, tout en ayant une relation avec sa femme et sa servante.

Le mari qui a peur d'être trompé est encore davantage représenté. Ainsi, dans « Le Vilain Médecin », c'est le manque de confiance en sa femme qui est à l'origine de tous ses ennuis. De même, le bossu suspicieux des « Trois bossus » sera puni, à la plus grande joie de son épouse. Dans les fabliaux, il apparait donc que le mari trompé ne parvient pas à rétablir la situation, tandis que celui qui craint de l'être est toujours puni par les évènements.

LA FEMME

La femme est loin d'être passive. Au contraire, rusée, elle est souvent à l'origine d'aventures dont son mari est la pauvre victime. Soit elle se venge d'être maltraitée, comme dans « Le Vilain Médecin » (le tour qu'elle lui joue parait mérité), soit elle agit pour dissimuler l'un de ses méfaits, comme dans « Les Perdrix » (pour cacher sa gourmandise, elle n'hésite pas à monter un stratagème qui fera porter la faute sur le prêtre).

Ainsi, elle ne semble pas digne de confiance, ce qui justifie en partie la jalousie de son mari. Dans « Le Vilain Médecin », celui-ci a d'ailleurs peur qu'elle ne se laisse séduire par le chapelain. En outre, elle ne boude pas son plaisir et prend des amants, mais n'en est jamais punie. Dans « Le Prêtre qui fut pris au lardier », c'est le prêtre qui est ridiculisé, et non pas la femme adultère. Dans « La Bourgeoise d'Orléans », celle-ci réussit même à retourner la situation en sa faveur. Enfin, dans l'histoire de « Brifaut », la femme s'avère fatale : elle jette une malédiction à son mari, qui meurt sur-le-champ.

Le personnage de la femme est très présent dans les fabliaux. Elle est souvent au cœur de l'action, la déclenche parfois, et sait se tirer des situations les plus difficiles.

LE PAUVRE ET LE RICHE

La faim et le froid sont souvent au centre des préoccupations des personnages des fabliaux. La figure du vilain, très pauvre, mais futé, est donc fréquemment représentée. Le pauvre, s'il veut s'en sortir, doit être rusé. Inversement, le riche, également très présent, est souvent vu comme un sot. Ainsi, dans « Estula », les deux frères, très pauvres, réussissent à voler leur riche voisin, qui est ridiculisé, car il croit possible que son chien lui parle. Si le vilain est naïf comme dans « Brunain et Blérain », il est alors aidé par le destin.

« Merlin Merlot » traite plus particulièrement du thème de la richesse. Lorsque le vilain est pauvre, il est, dans ce fabliau, représenté comme vertueux et besogneux, au point de mériter un miracle : celui de devenir riche. Mais la richesse lui fait oublier petit à petit d'où il vient, et il est alors condamné. Il semble impossible dans les fabliaux d'être à la fois riche, bon et généreux.

LE CONTEUR

Les fabliaux étudiés ici conservent une trace de leur mode de transmission initial, qui était un mode oral. En effet, le conteur intervient souvent au début de l'histoire, pour l'introduire : « Seigneurs, si vous voulez me prêter un peu attention, je vous raconterai une belle aventure. » (p. 23) De même, le récit des « Trois Bossus », comme d'autres, se termine par une morale à propos de l'argent, morale qu'on peut également attribuer au conteur puisqu'elle ne fait plus partie de l'histoire proprement dite : « Il n'est pas de femme qu'on ne puisse avoir avec de l'argent et [...] avec de bons deniers il est possible de tout avoir. [...] Honte à quiconque a le culte de l'argent et lui accorde la première place. » (p. 27)

CLÉS DE LECTURE

CONTEXTE D'APPARITION ET DE RÉCEPTION DU FABLIAU

Provenant du terme *fabula*, le fabliau est un genre qui appartient à la littérature française du Moyen Âge (XIIe-XIVe siècles). *Les Fabliaux du Moyen Âge* représentent une tradition de plus ou moins 150 textes, courts, en vers et à rimes souvent plates (elles peuvent parfois être croisées [elles alternent alors deux par deux, selon un modèle ABAB] ou embrassées [deux vers rimés sont entourés de deux vers rimant eux-mêmes entre eux, selon un modèle ABBA]). Dans certaines éditions, ils apparaissent également en prose.

Beaucoup proviennent du Nord de la France, comme en attestent les décors décrits au sein des histoires : Compiègne et Abbeville (Somme), pour ne citer que ces villes-là, sont situées dans les Hauts-de-France. Leurs auteurs sont pour certains célèbres dans le monde littéraire.

Au Moyen Âge, les œuvres étaient transmises de manière orale. Un conteur, qu'on appelait « jongleur », allait de château en château accompagné de son instrument pour chanter des histoires devant un auditoire souvent ravi de ce divertissement. Les récits des jongleurs se résumaient à une trame à partir de laquelle ils improvisaient. C'est de cette façon que les fabliaux ont vu le jour.

Les compositions en elles-mêmes sont l'œuvre de trouvères et de troubadours (mots tous deux dérivés du latin populaire topare signifiant « composer [un poème] »), des compositeurs et poètes médiévaux déclamant pour les premiers en langue d'oïl (en vigueur dans le Nord de la France) et pour les seconds en langue d'oc (dans le Sud de la France). Les fabliaux étant majoritairement issus du Nord de la France, ils sont par conséquent l'œuvre de trouvères.

Si le conteur explique qu'il va raconter une histoire, il insiste néanmoins fréquemment sur la véracité de son récit. Il s'agit donc tant d'amuser le public – la bourgeoisie médiévale – avec les clichés de l'époque, que d'en accentuer la dimension réaliste. Les histoires racontées dépeignent en effet un quotidien réaliste, quoiqu'un peu caricatural, évoquant de manière comique des scènes destinées à glorifier les rusés et à exposer les défauts des différentes classes sociales – en particulier ceux des plus riches.

Afin d'appuyer le propos, les fabliaux se concluent par une morale, présente également dans le genre parent de la fable. Ainsi, « Brunain et Blérain » se termine par « tel croit avancer qui recule » (trad. de l'auteur à partir de MEON D. M., *Fabliaux et contes des poètes françois des XIe, XIIe, XIIIe, XIVe et XVe siècles, tirés des meilleurs auteurs*, t. III, nouvelle édition, Paris, B. Warée, 1808, p. 28). Cette morale illustre bien le cas du prêtre qui, croyant gagner une vache, n'en a finalement plus aucune.

La morale est parfois un peu plus longue, comme dans « Les Trois Bossus » : « Honni soit l'homme, quel qu'il soit,/ Qui fait trop mauvais usage de ses deniers,/ Et qui les fait passer en premier. » (trad. de l'auteur à partir de *ibid.*, p. 254) Elle fait ici allusion au premier bossu fortuné chez qui viennent les trois autres, mais qui finira mort comme ses camarades.

Les fabliaux n'ont cependant pas tout à fait cessé de circuler dès la fin du Moyen Âge. Tant le fond que la forme ont su influencer d'autres auteurs par la suite. Ainsi le *Décaméron* (1348-1353) de Boccace (écrivain italien, 1313-1375) et l'*Heptaméron* (1559) de Marguerite de Navarre (écrivaine française, 1792-1549) partagent une idée analogue : un groupe de voyageurs, isolés du monde (pour s'écarter de la peste dans le *Décaméron*, par un orage dans l'*Heptaméron*,) passe le temps en racontant chacun des histoires. Les personnages, tirés de la réalité de leur époque, se rapprochent fortement de ceux des fabliaux : les religieux succombent par exemple au péché ou à l'avarice, tandis que les femmes se révèlent plus rusées que leurs amants.

On retrouve également des fabliaux dans les *Contes de Canterbury* (1387-1400) de Geoffrey Chaucer (écrivain anglais, vers 1340-vers 1400) et dans les *Cent Nouvelles nouvelles* d'un auteur anonyme (1492).

Des caractéristiques des fabliaux peuvent également être détectées à une époque plus récente : Molière (comédien et dramaturge français, 1622-1673) use de la figure du faux médecin dans plusieurs de ses pièces, notamment dans *Le Médecin volant* (publié à titre posthume en 1819) et *Le Médecin malgré lui* (1666), et Honoré de Balzac (écrivain français, 1799-1850) revendique l'influence de Boccace dans la préface de ses *Cent Contes drolatiques* (1832-1837).

LE FABLIAU, UNE SATIRE COMIQUE

Si les fabliaux sont des récits drôles qui visent avant tout à faire rire et à distraire l'auditoire, ils présentent dans le même temps une morale, se faisant critiques envers leur époque.

Le comique

Pour faire rire, les fabliaux s'appuient sur des ressorts comiques bien connus du public. Ceux-ci n'ont été réellement définis qu'à partir du XVIIe siècle, alors que le genre comique s'opposait au tragique et au romanesque par le caractère très prosaïque de ses intrigues et de ses personnages. Les récits comiques traitent en effet davantage du peuple et de son quotidien, et s'écartent des sujets liés à la noblesse ou des histoires extraordinaires. Le style et le vocabulaire sont également bien moins alambiqués, et la liberté d'expression intrinsèque à ce genre permet d'oser la critique et la satire.

Quoique les fabliaux aient été diffusés bien avant l'apparition de la définition du registre comique, ils partagent néanmoins certains traits avec celui-ci. D'autres œuvres en usaient également avant qu'il soit établi comme tel, par exemple le *Satyricon* (Ier siècle) de Pétrone (écrivain latin, Ier siècle), l'*Heptaméron*, le *Décaméron* ou encore les œuvres de François Rabelais (écrivain français, vers 1494-1553).

- **Le comique de situation**. Il s'appuie d'une part sur les malentendus et les quiproquos (méprise qui conduit à ce qu'une personne ou une chose soit prise pour une autre). L'obscurité favorise en effet souvent une erreur sur la personne. Par exemple, tout le fabliau « Estula » repose d'une part sur la confusion entre le nom du chien et une question, d'autre part sur une confusion de personnes. Pendant la nuit, les personnages ne semblent pas pouvoir savoir qui s'adresse à eux ; ils ne reconnaissent pas les voix. De même, le mari dans « La Bourgeoise d'Orléans » se fait battre par erreur à la faveur de la nuit et de l'obscurité du grenier. Le comique de situation renvoie également aux moments où un personnage se trouve dans une posture inhabituelle, absurde ou embarrassante, lorsqu'il ne parvient pas à se tirer d'affaire ou cherche à obtenir sans succès un objet ou un bien. Les exemples sont nombreux. Le cas de Brifaut qui se trouve face à face avec son voleur qui vient le narguer en est un : incontestablement, la situation prête à rire.

- **Le comique de caractère**. Il réside dans la personnalité des personnages. Des traits de caractère, souvent des défauts, sont caricaturés, grossis, dans le but de ridiculiser les personnages, ce qui provoque le rire. Les défauts visés sont souvent l'entêtement, l'avarice ou encore la stupidité. Les personnages qui font les frais de ce type de comique sont principalement les prêtres et les riches. Ainsi, dans « Brunain et Blérain » et dans « Le Boucher d'Abbeville », les prêtres sont considérés comme avares et jouisseurs. Quant aux riches, ils sont souvent sots, comme c'est le cas dans « Estula » ou « Merlin Merlot ». À cause de leurs vices, ils méritent d'être trompés, raison pour laquelle ils sont souvent victimes des farces.

- **Le comique de mots**. Il repose principalement sur des mots ou des expressions à double sens. « Estula » en est l'exemple phare, puisque le nom du chien correspond aussi à une question (« Es-tu là ? »). Ce seul mot sème le trouble parmi les personnages, et le nœud de l'intrigue de ce fabliau provient de cette confusion. De même, lorsque l'un des frères croit voir un animal à la place du prêtre, toute la confusion s'appuie sur l'utilisation des pronoms : « Jette-le vite à terre, mon couteau est bien aiguisé, [...] ; je m'en vais lui couper la gorge. » (p. 45) « Le » et « lui » peuvent à la fois renvoyer au prêtre et à l'animal. De même, dans le récit « La Vieille qui graissa la patte au chevalier », le comique est dû à la confusion entre le sens propre et le sens figuré de l'expression « graisser la patte ».
- **Le comique de geste**. La bastonnade est le comique de geste le plus répandu dans les fabliaux, dans lesquels de nombreux personnages sont roués de coups. Par exemple, le mari de la bourgeoise d'Orléans est battu par ses propres serviteurs qui pensent frapper l'amant de la dame. Le récit du « Vilain Médecin » s'appuie principalement sur ce type

de comique : seuls les coups sont censés faire travailler le faux médecin. Cela ne peut évidemment manquer de faire rire le spectateur/lecteur. Enfin, dans « Les Perdrix », les propos de la femme déclenchent la fuite comique du prêtre et la course-poursuite.

La satire

La satire et la morale (parfois douteuse : celle des « Perdrix » stipule par exemple que la femme ne peut que mentir, faisant ainsi une généralité peut-être malvenue) sont des éléments essentiels du genre, qui correspondent à sa dimension critique. En effet, à côté de leur aspect comique, les fabliaux ont pour fonction de dénoncer certains travers humains ou les comportements de certaines classes sociales. Grâce à ces récits, le public de l'époque était amené à réfléchir sur son propre comportement et, éventuellement, à se corriger.

Tout comme le comique, la satire est toutefois loin d'être uniquement un genre médiéval. Des œuvres satiriques apparaissent en effet dès l'Antiquité, dans des œuvres d'auteurs aussi illustres qu'Aristophane (poète grec, vers 445-

vers 386 av. J.-C.) ou Horace (poète latin, 65-8 av. J.-C.). Au Moyen Âge, des œuvres passées à la postérité comme le *Roman de Renart* (œuvre collective, 1170-1250), le *Décaméron* ou le *Don Quichotte* (1605-1615) de Miguel de Cervantès (écrivain espagnol, 1547-1616) adoptent également un ton satirique, que l'on retrouve toujours sous diverses formes à notre époque, par exemple dans des sketchs en radio ou sur scène.

Dans les fabliaux étudiés ici, l'avarice des prêtres est à deux reprises soulignée (dans « Brunain et Blérain » et « Le Boucher d'Abbeville »), ainsi que leur côté jouisseur, non sans humour (« Le curé fait pour mener ses semblables/En paradis, l'envoie à tous les diables » [IMBERT B., « Le Boucher d'Abbeville », in *Choix de fabliaux, mis en vers*, Genève, 1788, p. 64]).

Le comportement des femmes est également pointé du doigt malgré l'éloge de leur ruse : elles sont présentées comme des tentatrices qui ne savent guère résister à la séduction. Dans « Le Vilain Médecin », le personnage principal a peur que sa femme ne se laisse séduire par le chapelain.

Les riches, quant à eux, sont considérés comme des sots avares et paresseux. Dans « Merlin Merlot », la satire est d'autant plus criante que le héros passe subitement de la pauvreté à la fortune : « Tant qu'il avait été pauvre, il n'avait eu amis ni parents. Une fois riche et réputé, il en eut beaucoup, qu'il ne connaissait pas auparavant. Chacun au riche s'apparente, l'honore et lui fait suite. » (« Du vilain qui devient riche et puis pauvre », in *fontenele.free.fr*) Dans ce cas-ci, ce ne sont pas tant les critiques contre les riches, présentes dans plusieurs autres fabliaux, qui sont visibles, mais bien l'hypocrisie dont ils font preuve.

Par ailleurs, certaines critiques, notamment celles à l'encontre des riches, ont une autre fonction sous-jacente : il s'agit d'une occasion pour l'auditoire populaire de l'époque de prendre sa revanche contre les nobles. Sous couvert du rire, la critique permet ainsi de se libérer des tensions sociales.

UN STYLE SIMPLE MAIS SIGNIFIANT

Tout, dans le fabliau, tend à confirmer sa simplicité : c'est le cas tant au niveau des thèmes, très récurrents, qu'au niveau de la forme, celle du poème en vers en rimes simplement exécutées. Dans son étude dédiée au genre, Joseph Bédier (critique français, 1864-1938) affirme : « Ce qui frappe tout d'abord, c'est en effet l'absence de toute prétention littéraire chez nos conteurs. » (BÉDIER J., *Les fabliaux : études de littérature populaire et d'histoire littéraire du Moyen Âge*, 2e édition revue et corrigée, Paris, Librairie Emile Bouillon, 1895, p. 341)

Le fabliau est fait pour être conté, sans fioritures ou explications excessives, et sans artifices littéraires particuliers (liés à la forme poétique adoptée à l'écrit). Dans un souci d'efficacité, le fabliau est narré sous la forme commune d'octosyllabes à rimes plates. Reste qu'à l'oral, cette règle est finalement assez peu respectée, tant ce mode laisse libre cours aux improvisations. La forme est donc assez négligée. L'absence de figures de style et l'abandon de la versification rendent l'ensemble inconsistant, ce qui tendrait à faire fuir tout lecteur amateur de grande littérature (les fabliaux rencontrèrent néanmoins un certain succès).

Par ailleurs, le jongleur devait se montrer rapide

et efficace dans la récitation de ses récits afin de capter l'attention de son public. Si les fabliaux sont à ce point centrés sur un seul sujet, c'est aussi parce que leur simplicité était le meilleur moyen pour que le public soit séduit par l'histoire racontée. Une telle exigence laisse également de côté toute possibilité d'inventer de longs développements éloignés de la réalité. Pour cette raison, les fabliaux sont au plus près des mœurs et des décors de leur temps.

La brièveté touche principalement la description des personnages, le temps de l'histoire et l'espace :

- les personnages sont dépourvus de profondeur psychologique particulière et ne sont souvent pas décrits physiquement. Leurs noms seuls sont souvent porteurs des caractéristiques rattachées aux types sociaux qu'ils représentent (Brifaut est ainsi un nom commun désignant un vilain). De plus, il suffit de quelques mots seulement pour dépeindre un caractère : deux vers, par exemple, pour le personnage principal du « Vilain médecin » (« Jadis vivait un paysan riche/ Qui l'était au prix de son avarice », trad. de l'auteur à partir de MEON D. M., *Fabliaux et contes des poètes françois des XIe, XIIe, XIIIe, XIVe et XVe siècles, tirés des meilleurs auteurs*, t. III, nouvelle édition, Paris, B. Warée, 1808, p. 1). Ensuite, moins de 15 vers suffisent à décrire toute sa situation, après quoi le conteur bascule vers la figure diamétralement opposée du chevalier pauvre ;

- le temps de l'histoire narrée dans un fabliau est généralement très court. De quelques heures (« Brifaut » ou « Les Trois bossus ») à une journée. Plus rarement, l'action est contée sur un intervalle plus long (« Les Trois Aveugles de Compiègne » se déroule en deux journées). Mais même dans le cas où l'intervalle parait long, l'action en elle-même ne renvoie qu'à quelques moments bien précis. Ainsi, « Le Vilain médecin », qui expose des évènements qui ne peuvent tenir en une journée, ne comporte finalement que deux moments d'action importants, à savoir l'instant où l'épouse informe les chevaliers du « don » de son mari, et celui où le mari en question guérit la fille du roi ;

- les lieux dans lesquels les histoires se déroulent peuvent également être uniques (« Les Trois bossus » relate des faits situés dans la maison du mari bossu et ses abords). Le cas d'un espace précis est toutefois loin d'être systématique. Si « Le Vilain médecin » se déroule dans un lieu géographique déterminé, on y retrouve tout de même la maison du faux médecin, le château du roi, etc. Si l'on devait adapter un fabliau, on ne pourrait pas se contenter d'un espace scénique inchangé. Il faudrait, dans certains cas, modifier le décor en cours de route. Là où l'idée de brièveté s'exprime, c'est plutôt dans la transition rapide entre ces lieux, ce qui permet au lecteur de rester concentré sur l'intrigue.

La construction narrative en tant que telle est également affectée par ce phénomène de brièveté. Ainsi, toujours dans le fabliau « Le Vilain médecin », la jeune épouse est d'abord dans une grande détresse après son mariage désastreux. Juste après que deux chevaliers lui ont expliqué la maladie dont souffre la fille de leur roi, elle leur affirme que son mari est médecin : « Certes il connait mieux la médecine/ Et diagnostique mieux les maladies/ Que jamais Hippocrate [médecin de l'Antiquité, 460-vers 377 av. J.-C.] ne le fit./ [...] Mais il est d'un tel tempérament/ Qu'il ne le ferait pour rien ni personne/ Si auparavant on ne le battait pas abondamment [...] » (trad. de l'auteur à partir de *ibid.*, p. 6)

L'argumentation de la jeune femme fait bien preuve d'une économie de mots, mais c'est surtout l'effet de surprise qui se joue qui est intéressant. D'abord effacée, battue et constamment en pleurs, elle se transforme tout à coup en femme rusée qui a trouvé une occasion inespérée de se venger des mauvais traitements de son mari.

La narration orale permet donc de conter de façon brève et naturelle, mais aussi de ménager un effet de surprise qui dévoile le véritable caractère de la femme, ce qui permet d'introduire un rebondissement à même de raviver l'intérêt du spectateur. Il suffit de peu de chose, sur le plan littéraire ; mais tout l'art du conteur est d'utiliser les multiples ressources de la narration à son avantage afin de produire des fabliaux dignes d'être contés à son public.

Ainsi, tant le format court des fabliaux que leur transmission auprès d'un large public ont fait d'eux des textes d'influence au fil des siècles. Tout en recourant aux ressorts comiques, ils proposent une satire virulente des profils sociaux de l'époque, accompagnée d'une morale. Les fabliaux génèrent ainsi des motifs et des thématiques types, susceptibles d'être massivement repris, sous une forme facilement modulable : c'est ce qui leur a permis de subsister sous de multiples supports à travers de nombreuses adaptations.

PISTES DE RÉFLEXION

QUELQUES QUESTIONS POUR APPROFONDIR SA RÉFLEXION...

- Expliquez ce qui caractérise les personnages des fabliaux. Dans quelle mesure cela s'applique-t-il au fabliau « Les Perdrix » ?
- Dans plusieurs fabliaux, le prêtre est dépeint sous un jour peu flatteur. Connaissez-vous d'autres œuvres qui exploitent un personnage similaire ? En quoi peut-on les rapprocher des fabliaux ?
- Les riches sont une cible privilégiée des *Fabliaux du Moyen Âge*. En quoi la satire permet-elle de faire leur critique ?
- En quoi la figure du conteur s'illustre-t-elle tant dans la forme que dans le contenu des fabliaux ?
- L'origine des fabliaux est difficile à déterminer. Commentez cette affirmation.
- Malgré une apparente légèreté, les fabliaux ont un objectif bien précis. Quel est-il ? Illustrez votre réponse à l'aide d'exemples.

- Quel(s) type(s) de comique(s) retrouve-t-on dans « Estula » ? Citez-les, expliquez et illustrez votre réponse par des exemples.
- Quels éléments permettent d'établir la manière dont les fabliaux ont circulé au Moyen Âge ?
- Le style des fabliaux sert ou dessert-il leurs propos ? Justifiez votre réponse.
- À quel point les fabliaux ont-ils influencé la littérature ? Justifiez votre réponse en donnant comme exemple au moins une œuvre postérieure, tout en la comparant avec les *Fabliaux du Moyen Âge*.

Votre avis nous intéresse !
Laissez un commentaire sur le site de votre librairie en ligne
et partagez vos coups de cœur sur les réseaux sociaux !

POUR ALLER PLUS LOIN

ÉDITION DE RÉFÉRENCE

- *Fabliaux du Moyen Âge*, adaptés et traduits de l'ancien français par A. Micha, Paris, Flammarion, coll. « Étonnants classiques », 1998, 89 p.

ÉTUDES DE RÉFÉRENCE

- BÉDIER J., *Les fabliaux : études de littérature populaire et d'histoire littéraire du Moyen Âge*, 2e édition revue et corrigée, Paris, Librairie Emile Bouillon, 1895.
- « Du vilain qui devient riche et puis pauvre », in *fontenele.free.fr*, consulté le 15 octobre 2017. http://fontenele.free.fr/fabliaux/index.html
- *Fabliaux du Moyen Âge*, Paris, Hachette, coll. « Biblio Collège », 2005.
- IMBERT B., *Choix de fabliaux, mis en vers*, Genève, Prault, 1788.
- JEUNON P. et FOUQUET D., *Français 5e*, Paris, Hatier, coll. « Rives Bleues », 2006.
- MEON D. M., *Fabliaux et contes des poètes fran-*

çois des XIe, XIIe, XIIIe, XIVe et XVe siècles, tirés *des meilleurs auteurs*, t. III, nouvelle édition, Paris, B. Warée, 1808.

Retrouvez notre offre complète sur lePetitLittéraire.fr

- des fiches de lectures
- des commentaires littéraires
- des questionnaires de lecture
- des résumés

ANOUILH
- Antigone

AUSTEN
- Orgueil et Préjugés

BALZAC
- Eugénie Grandet
- Le Père Goriot
- Illusions perdues

BARJAVEL
- La Nuit des temps

BEAUMARCHAIS
- Le Mariage de Figaro

BECKETT
- En attendant Godot

BRETON
- Nadja

CAMUS
- La Peste
- Les Justes
- L'Étranger

CARRÈRE
- Limonov

CÉLINE
- Voyage au bout de la nuit

CERVANTÈS
- Don Quichotte de la Manche

CHATEAUBRIAND
- Mémoires d'outre-tombe

CHODERLOS DE LACLOS
- Les Liaisons dangereuses

CHRÉTIEN DE TROYES
- Yvain ou le Chevalier au lion

CHRISTIE
- Dix Petits Nègres

CLAUDEL
- La Petite Fille de Monsieur Linh
- Le Rapport de Brodeck

COELHO
- L'Alchimiste

CONAN DOYLE
- Le Chien des Baskerville

DAI SIJIE
- Balzac et la Petite Tailleuse chinoise

DE GAULLE
- Mémoires de guerre III. Le Salut. 1944-1946

DE VIGAN
- No et moi

DICKER
- La Vérité sur l'affaire Harry Quebert

DIDEROT
- Supplément au Voyage de Bougainville

DUMAS
- Les Trois Mousquetaires

ÉNARD
- Parlez-leur de batailles, de rois et d'éléphants

FERRARI
- Le Sermon sur la chute de Rome

FLAUBERT
- Madame Bovary

FRANK
- Journal d'Anne Frank

FRED VARGAS
- Pars vite et reviens tard

GARY
- La Vie devant soi

GAUDÉ
- La Mort du roi Tsongor
- Le Soleil des Scorta

GAUTIER
- La Morte amoureuse
- Le Capitaine Fracasse

GAVALDA
- 35 kilos d'espoir

GIDE
- Les Faux-Monnayeurs

GIONO
- Le Grand Troupeau
- Le Hussard sur le toit

GIRAUDOUX
- La guerre de Troie n'aura pas lieu

GOLDING
- Sa Majesté des Mouches

GRIMBERT
- Un secret

HEMINGWAY
- Le Vieil Homme et la Mer

HESSEL
- Indignez-vous !

HOMÈRE
- L'Odyssée

HUGO
- Le Dernier Jour d'un condamné
- Les Misérables
- Notre-Dame de Paris

HUXLEY
- Le Meilleur des mondes

IONESCO
- Rhinocéros
- La Cantatrice chauve

JARY
- Ubu roi

JENNI
- L'Art français de la guerre

JOFFO
- Un sac de billes

KAFKA
- La Métamorphose

KEROUAC
- Sur la route

KESSEL
- Le Lion

LARSSON
- Millenium 1. Les hommes qui n'aimaient pas les femmes

LE CLÉZIO
- Mondo

LEVI
- Si c'est un homme

LEVY
- Et si c'était vrai...

MAALOUF
- Léon l'Africain

MALRAUX
- La Condition humaine

MARIVAUX
- La Double Inconstance
- Le Jeu de l'amour et du hasard

MARTINEZ
- Du domaine des murmures

MAUPASSANT
- Boule de suif
- Le Horla
- Une vie

MAURIAC
- Le Nœud de vipères

MAURIAC
- Le Sagouin

MÉRIMÉE
- Tamango
- Colomba

MERLE
- La mort est mon métier

MOLIÈRE
- Le Misanthrope
- L'Avare
- Le Bourgeois gentilhomme

MONTAIGNE
- Essais

MORPURGO
- Le Roi Arthur

MUSSET
- Lorenzaccio

MUSSO
- Que serais-je sans toi ?

NOTHOMB
- Stupeur et Tremblements

ORWELL
- La Ferme des animaux
- 1984

PAGNOL
- La Gloire de mon père

PANCOL
- Les Yeux jaunes des crocodiles

PASCAL
- Pensées

PENNAC
- Au bonheur des ogres

POE
- La Chute de la maison Usher

PROUST
- Du côté de chez Swann

QUENEAU
- Zazie dans le métro

QUIGNARD
- Tous les matins du monde

RABELAIS
- Gargantua

RACINE
- Andromaque
- Britannicus
- Phèdre

ROUSSEAU
- Confessions

ROSTAND
- Cyrano de Bergerac

ROWLING
- Harry Potter à l'école des sorciers

SAINT-EXUPÉRY
- Le Petit Prince
- Vol de nuit

SARTRE
- Huis clos
- La Nausée
- Les Mouches

SCHLINK
- Le Liseur

SCHMITT
- La Part de l'autre
- Oscar et la
  Dame rose

SEPULVEDA
- Le Vieux qui
  lisait des romans
  d'amour

SHAKESPEARE
- Roméo et Juliette

SIMENON
- Le Chien jaune

STEEMAN
- L'Assassin
  habite au 21

STEINBECK
- Des souris et
  des hommes

STENDHAL
- Le Rouge et
  le Noir

STEVENSON
- L'Île au trésor

SÜSKIND
- Le Parfum

TOLSTOÏ
- Anna Karénine

TOURNIER
- Vendredi ou
  la Vie sauvage

TOUSSAINT
- Fuir

UHLMAN
- L'Ami retrouvé

VERNE
- Le Tour
  du monde
  en 80 jours
- Vingt mille
  lieues sous
  les mers
- Voyage au
  centre de
  la terre

VIAN
- L'Écume des jours

VOLTAIRE
- Candide

WELLS
- La Guerre des
  mondes

YOURCENAR
- Mémoires
  d'Hadrien

ZOLA
- Au bonheur
  des dames
- L'Assommoir
- Germinal

ZWEIG
- Le Joueur
  d'échecs

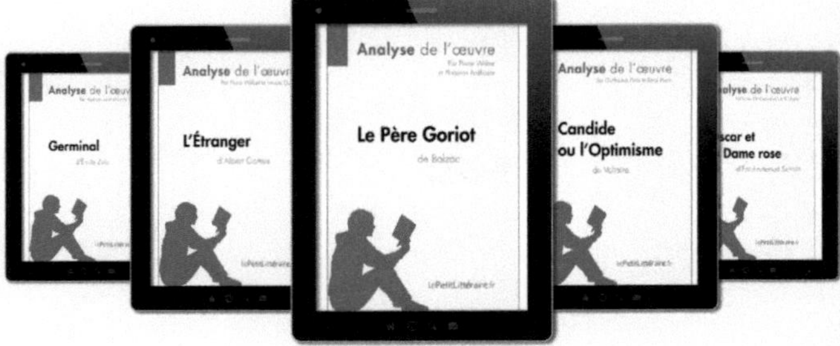

www.lepetitlitteraire.fr

ISBN version numérique : 978-2-8080-0623-1
ISBN version papier : 978-2-8080-0622-4
Dépôt légal : D/2017/12603/863

Avec la collaboration de Lucile Lhoste pour les chapitres « Contexte d'apparition et de réception du fabliau », « La satire » et « Un style simple mais signifiant ».

Conception numérique : Primento, le partenaire numérique des éditeurs.

Ce titre a été réalisé avec le soutien de la Fédération Wallonie-Bruxelles, Service général des Lettres et du Livre.